AF293636

En attendant Augustino

Didier Moity

En attendant Augustino

Une piecette
en six saynètes

© Didier Moity, 2025
Édition : BoD · Books on Demand, 31 avenue Saint-Rémy,
57600 Forbach, bod@bod.fr
Impression : Libri Plureos GmbH, Friedensallee 273,
22763 Hamburg (Allemagne)
ISBN : 978-2-3225-6166-7
Dépôt légal : Janvier 2025

En attendant Augustino

LE (FIDELE) LECTEUR :
— Carrément ? Une pièce de théâtre, rien que ça ?

L'AUTEUR :
— Et pourquoi pas !

LE (FIDELE) LECTEUR :
— Je te connais trop bien, tu es prié d'utiliser les didascalies avec parcimonie !

L'AUTEUR :
— Entendu je lui demanderai, mais je ne promets rien …

LE (FIDELE) LECTEUR :
— En revanche, si tu pouvais te lâcher côté stichomythie ?

L'AUTEUR :
— Oui je sais, sinon on va tous chier dans les douves !

LE (FIDELE) LECTEUR :
— Ça dépend, seulement si il y a un château dans ton histoire.

* * *

*

En attendant Augustino

KARP :   30 ans.

BOGDANA :   50 ans, sa mère (semble-t'il).

SERAPHIN :   La cinquantaine (à ce qu'il dit).

DIEM :   30 ans.

AUGUSTINO :   Indéfinissable.

LE GARDE FORESTIER et son chien BÉHÉMOTH:
                    Sans âge, ni l'un ni l'autre.

En attendant Augustino

Préambule.

Chemin dans la campagne, avec au loin une rivière. Pénombre du soir.

La silhouette d'un homme, assis sur une pierre, essaie d'enlever sa chaussure. Il s'y acharne des deux mains, en ahanant. Il s'arrête, à bout de force, se repose en haletant, recommence. Même jeu.

Arrive une femme.

KARP[A] :
Maintenant bien visible. Renonçant à nouveau
— Rien à faire !

BOGDANA[B] :
S'approchant à petits pas raides, les jambes un peu écartées.
— Je commence à le croire.
Puis, s'immobilisant
— J'ai longtemps résisté à cette pensée, en me disant, Bogdana, sois raisonnable, tu n'as pas encore tout essayé. Et je reprenais le combat.
Elle se recueille, songeant au combat, puis s'adressant à Karp.
— Alors te revoilà, toi !

KARP :
— Tu crois ?

BOGDANA :
— Je suis contente de te revoir. Je te croyais parti pour toujours

KARP :
— Moi aussi.

BOGDANA :
— Que faire pour fêter cette réunion ?
Elle réfléchit.
— Lève-toi que je t'embrasse.
Elle tend les bers vers Karp.

KARL :
Irrité, il reste en retrait.
— Tout à l'heure, tout à l'heure.

Une voix off survient, forte et autoritaire.

Stop ! Stop ! Et re-stop !
Non ! Il ne suffit pas de démarrer un texte
façon Samuel Beckett pour lancer
sa piécette de theatre !

BOGDANA :
Elle se redresse, attentive à d'éventuels autres commentaires de la voix off qui pourtant ne viennent pas. Dépitée, elle regarde Karp avec pitié.
— Il est vrai, cela n'aide pas tant que ça.

KARP :
Toujours à essayer d'extirper sa chaussure.
— Alors, même pas du tout ! Mais je n'ai pas encore dit mon dernier mot.

BOGDANA :
Hésitante et concentrée sur ses pas, approchant de Karp.
— Et en plus, j'hérite de cette démarche boiteuse imposée par l'auteur ! Voilà qui n'est pas très élégant non plus !

KARP :

Parvenu à ses fins, il lance un grand cri victorieux ainsi que sa chaussure au loin puis se lève.

— Ah ! Enfin !

Il bombe le torse, satisfait.

— Encore une et je serai d'attaque.

BOGDANA :

— Pour la traversée ?

KARP :

— Oui. On va pouvoir y aller. Tu sais bien que je suis venu pour ça ! Cela se passera comme d'habitude…

Après un court silence,

— Allez donc prépare toi !

BOGDANA :

Elle se débarrasse aisément de ses deux botillons.

— Tout doux quand même mon fils ! Je ne me déplace pas aussi vite que toi ! D'autant que, regarde ! Il y a encore plus d'eau que les autres fois à même époque.

KARP :

— Allons bon ! Encore un effet du réchauffement climatique, j'en suis sûr ! Il pleut tout le temps ! Foutue météo ! Ce monde se meurt ! C'est nous les humains qui l'avons pourri ! Et en plus maintenant avec toutes ces guerres …

BOGDANA :

— Hum … Je n'y avais pas pensé ! Continue ! Tu m'a l'air bien parti !

Soignant sa posture, elle reprend,

— Oui vas-y ! Clame le haut et fort :

« Il nous faut sortir du climat de guerre et faire la guerre au climat ! »

KARP :
— Te moquerais tu ?

BOGDANA :
Sarcastique
— Mais voyons, bien sûr que non mon garçon ! Voilà juste un bon slogan que tu pourras replacer à ta guise !

La lumière s'estompe lentement pendant que Karp et Bogdana tous les deux silencieux se dirigent sans hâte vers le fond de la scène.
Bruit d'un torrent dans le noir absolu.
La lumière revient vite pendant que le son de la rivière s'évanouit. Le décor a changé avec l'image d'une grande maison en bois, au loin au bord d'un lac.
Karp et Bogdaba sont côte à côte, leurs chaussures en main et contemple immobiles, la vaste demeure. Ils finissent par se retourner face au public en dialoguant.

KARP :
— Tu vois, traverser cette petite rivière n'était pas si difficile ! On y est presque maintenant !

BOGDANA :
Légèrement haletante.
— J'ai hâte d'y entrer pour me poser ! Enfin autant que mes guiboles me permettront d'avancer !

KARP :
— Tu crois qu'il sera là ?

BOGDANA :
— Qui sait …

KARP :
— Au fond, je ne ne suis pas sûr d'y tenir tant que ça.

La lumière s'estompe, jusqu'au noir complet.
On entend le bruit du changement du décor.
La piecette va pouvoir enfin commencer.

Saynète 1

Retour d'une lumière vive qui éclaire maintenant une grande pièce au décor genre 'gite montagnard confortable bourgeois'.

Bogdana est assise silencieuse dans un vaste fauteuil.
Un homme entre en scène.

BOGDANA :
L'air fatigué.
Elle reste assise en regardant l'homme s'avancer.
Elle s'adresse à lui, sans conviction.
— Bonjour Séraphin.

SERAPHIN [C] :
— Quel enthousiasme à me voir !

BOGDANA :
Toujours sur le même ton las.
— Oh ce n'est pas toi ! Tout me déçoit en ce moment, je patauge dans la flotte et la déprime …

SERAPHIN :
Il déambule dans la pièce.
— Il est vrai que ça mouille à boire debout[1] en ce moment, y a de quoi se liquéfier ! Mais je croyais que tu avais trouvé des remèdes miracle pour cesser de te complaire dans le bourdon ?

BOGDANA :
— Oui, j'en avais bien trouvé et j'en ai apprécié certains, beaucoup, passionnément même. Mais, qu'est ce que tu veux, ma petite dose quotidienne est devenue grande et tout ça a fini par m'engorger le fion. C'étaient des douleurs affreuses, démentes ! À un point que tu

---

1 *Mouiller à boire debout: une bonne averse.*

13

n'imagines pas ! J'ai du me sevrer. Alors maintenant avec tout cette bouffe locale faite de fromage et de charcuterie, ça n'aide pas non plus …

SERAPHIN :
Toujours en marchant.
— Ah ça ! Faut choisir ma chère. C'est soit les opiacés, soit l'authentique et le roboratif …
Il continue après un court silence.
— Et ton rejeton, il a toujours une crotte sur le cœur[2] à la recherche de ses racines quand ce n'est pas d'une paire de chaussures à sa taille ?

BOGDANA :
— Va savoir… Et puis arrête de tataouiner[3] comme ça, comme on dit chez toi, tu me flanques le tournis !
Séraphin finit par s'assoir dans un fauteuil à coté de Bogdana qui poursuit,
— Un jour il me couvre de reproches, il m'en veut de ne pas en dire d'avantage et le lendemain il feint l'indifférence. Pour l'instant, il ronfle. Faut dire qu'après notre cavalcade hier soir à notre arrivée au gite… On est passé par derrière en traversant la rivière qui sort du lac. Belle erreur !

SERAPHIN :
— Oui je sais, le garde forestier a encore fait du zèle. D'habitude il se limite aux randonneurs - enfin surtout aux randonneuses - qui s'installent en soirée aux alentours, mais là, il a lâché son cerbère. Il n'est pas méchant son Béhémoth mais il peut faire peur ! Quelle idée aussi Karl a eu de courir comme un lapin ! Ça l'a excité, m'a dit le garde et il a bien failli manger une volée[4] !

---

2 *Avoir une crotte sur le cœur : cultiver de la rancune*

3 *Arrêter de tataouiner: arrêter de tourner en rond.*

4 *Manger une volée: se faire tabasser.*

BOGDANA :

— Ou de se faire manger tout court tu veux dire ! Ce n'est pas une excuse ! Mon pauvre Karp, lui qui se débrouille si mal dans la nature et ne jure que par un bon sofa moelleux, smartphone en main. Je te vois venir, tu vas dire que c'est moi qui le force à revenir ici…

SERAPHIN :
Seraphin lève les yeux au ciel et prend la parole à la volée
— … En pleine pampa auvergnate et même que cela fait un bail que ça dure non ?

BOGDANA :

— Comme si tu ne le savais pas, trente ans exactement, demain.

Bogdana se lève muette.
Séraphin reprend après un cours silence.

SERAPHIN :

— Ne fais pas la baboune[5] ! Je sais ce que tu vas demander. Non, je n'ai pas eu de nouvelles. On va attendre, et puis c'est tout. Comme chaque année.

BOGDANA :

— Jusqu'à la prochaine fois ? Et quelle nouvelle catastrophe pourrons nous alors commenter en nous lamentant ? Quelle autre folie humaine se sera déroulée entre temps ?

SERAPHIN :

— Parce que tu penses qu'on pourrait en éviter une autre si Augustino se pointait ?

BOGDANA :

— Tu veux dire **quand** il se pointera !

---

5 *Faire la baboune: se dit d'une personne qui boude.*

SERAPHIN :
— Toi, tu n'aurais pas une idée dans la caboche[6] ?

Bogdana s'apprête à répondre mais un bruit de train se fait entendre.
Le bruit s'estompe accompagné d'un joli effet doppler.

Un homme d'âge mûr, en tenue de chasse, entre d'un pas lourd, l'air satisfait.

LE GARDE CHAMPETRE :
— C'est marrant cette sonnerie, vous ne trouvez pas ? Je viens de l'installer. Ça réveille hein ? Je suis bien content de l'effet ! Au fait, y a ici une mademoiselle qui voudrait rester dans le gîte et …

Une jeune femme arrive en trombe dans la pièce, l'air furibarde.

DIEM[D] :
Lançant un regard haineux au garde forestier, elle s'arrête face au couple.
— … et cela serait la moindre des choses ! Ce type, il a lâché son klébar dans ma tente !

LE GARDE CHAMPETRE :
Faisant mine d'ignorer la présence de Diem.
— Le lac est protégé ! Le campement est interdit et puis c'est tout !

DIEM :
De plus en plus véhémente, s'adressant au garde forestier.
— Et cette irruption dans mon bivouac ? Ce ne n'était pas pour me faire sortir de ma tente et me mater pendant que je me préparais pour dormir ? Vieux cochon !

Bogdana lève les yeux au ciel pendant que Séraphin se redresse. D'un mouvement souple, il s'interpose entre les deux énervés, face à Diem.

---

6 *Avoir une idée dans la caboche: avoir une idée dans la tête, comploter quelque chose.*

SERAPHIN :
D'abord sur un ton formel et autoritaire.
— Allons ! Gardons notre calme ! Il est vrai que ce lac volcanique est très fragile et protégé. Cet endroit n'est pas prévu pour se faire griller la couenne !
Puis se tournant vers le garde
— Allons mon brave ! Y a pas de quoi s'exciter le poil des jambes[7] ! Le gîte est bien grand, soyons un peu hospitaliers !
Le garde champêtre s'apprête à protester mais Séraphin fait un pas en arrière et prend un air dégouté.
— Mais vous sentez le fond de tonne[8] ! De si bon heure ! Est ce bien raisonable !
Séraphin se retourne et s'approche de la jeune femme, pendant que le garde lève les épaules et quitte la pièce.
— Mais dites moi, mademoiselle ?…

DIEM :
— Diem ! C'est mon nom. Et donc qu'est ce que je fiche ici ? C'est ça votre question à venir ? J'aimerais bien le savoir ! J'ai reçu un message me donnant rendez-vous demain à la maison du lac… Y en a pas trente six dans le coin non ?

Bogdana et Séraphin se regardent, interloqués.

BOGDANA :
Restée silencieuse jusque là, elle se lève lentement et se dirige vers Diem.
— Un simple message et hop là vous voilà en route et vous débarquez ici pour rencontrer ... Qui ? Vous le savez au moins ?

DIEM :
Adoptant une posture légèrement hostile.
— Oh là doucement ! C'est quoi cet interrogatoire ? Je vous demande ce que vous faites ici moi ?

---

7 *s'agiter.*

8 *Sentir la tonne/le fond de tonne: sentir l'alcool, sentir la boisson.*

En attendant Augustino

SERAPHIN :

Qui perd son air conciliant.

— La même chose que vous, sauf que pour nous ça fait trente ans !
Alors vos humeurs … vous pouvez vous les garder !

S'adressant à Bogdana

— Elle n'est pas barré à quarante[9] la fillote !

BOGDANA :

S'interposant à son tour.

— Et si on se posait là, calmement ? Histoire de s'expliquer un peu
entre nous ? ...

*La lumière s'éteint lentement pendant que les trois personnages se dirigent vers
les sieges.*

---

9 : *pas gênée*

Saynète 2

La même grande pièce.
Diem et Karp sont assis, chacun à un bout de la table maintenant bien garnie pour un petit déjeuner copieux.
Karp a le visage plongé dans son bol et Diem prend un fruit et le regarde fixement avant de l'entamer gouluement.

DIEM :
La bouche pleine.
— ... Alors en fait, tu serais du genre à t'installer dans un réfrigérateur pour vérifier que la lumière s'éteint bien quand on referme la porte ?

KARP :
— Et pourquoi pas ! On ne peut faire confiance à quiconque ni à quoi que ce soit !

DIEM :
Toujours massicotant, elle ignore la réponse de Karp et poursuit,
— Et puis après tu réalises qu'on a alors aucune preuve que la lumière de la cuisine est encore allumée ?

KARP :
Il lève la tête, l'air surpris par la réponse, puis replonge un instant dans son bol avant de bougoner.
— Vois pas le rapport ! Je veux juste m'assurer que je ne n'attends pas pour rien, encore une fois. Il doit bien y avoir des indices ! Une explication !
Marquant un temps d'arrêt, il reprend sur un ton légèrement courroucé mais peu crédible.
— Et puis d'abord, on ne se connaît pas ! Pourquoi tu me juges d'emblée ? Ce n'est pas parce qu'on se trouve dans ce gîte à partager le petit déjeuner qu'on a élevé les cochons ensemble !

19

DIEM :

Elle prend un air enjoué

— Et pourtant en arrivant dans la pièce, c'est bien toi qui m'a tutoyé d'emblée puis parlé de *LA* rencontre du jour, espérant même trouver une cache pour épier les conversations des uns et des autres. Avoue ! Y avait de quoi m'intriguer non ?

KARP :

— Ecoute moi, ça fait une éternité que je passe ici, chaque année, à pareille époque, toujours à attendre … Et rien ! À chaque fois, rien ! Alors, voir débarquer une inconnue … C'est un peu normal que je vérifie un peu les motivations non ?

Diem s'apprête à répondre mais secoue la tête et y renonce en entendant des pas. Séraphin entre dans la pièce au bras de Bogdana., interrompant immédiatement l'échange.

SERAPHIN :

— Ah ! je vois qu'on a fait connaissance ! Et bien réjouissez vous ! C'est le grand jour ! Il y aura de l'animation aujourd'hui …

Il se redresse puis commence à chanter doucement en arpentant la salle.

Petites boîtes ♪, petites boîtes ♪
Petites boîtes faites en ticky tacky ♪
Petites boîtes ♪, petites boîtes ♪
Petites boîtes toutes pareilles ♪

Diem et Karp restent bouche bée.

SERAPHIN :

Il arrête de chantonner et s'adresse à eux avec sérieux.

— Oui ! Nos esprits sont encagés ! Comme les gens dans des HLM. Ce qui m'a rappelé cette chanson de *Graeme Allwright*. Vous la connaissez ?

DIEM :
Ironique.

— Non pas vraiment. Vous voilà de meilleure humeur que lors de mon arrivée hier soir !

SERAPHIN :
Jetant une oeillade à Bogdana qui ne bronche pas.

— Passer la nuit sur la corde à linge m'inspire[10]. C'est ainsi.
Après un court silence, un peu déçu du peu de réactions de la part des deux jeunes gens, il s'assied entre eux et reprend en balayant d'un geste l'espace.

— J'ai toujours aimé cet endroit ! Au milieu de nulle part. Rien de grandiose n'a été construit par des humains saccageurs aux alentours. Je ne me souviens plus vraiment comment ni pourquoi je suis venu ici la première fois … Et pourtant ce fût torride ! Ah là là ! On passait notre temps à se chanter la pomme[11].
Regardant tout à tour Karp puis Diem.

— On était surtout un groupe de jeunes, blasés, revenus de tout sans avoir pourtant rien accompli, mais bien soudés, solidaires dans la désepérance…

DIEM :
Elle l'interrompt Séraphin

— Genre « Cercle des Certitudes Disparues » peut-être ? C'est du déjà vu mon cher !
Elle continue en aparté.

— C'est marrant comme on atteint vite le summum de la gogolitude par ici.

SERAPHIN :
Il lance un regarde sans expression vers Diem. Comme s'il n'avait rien entendu.

— … Le tout était assez nombriliste, je le reconnais volontiers. Mais que de vitalité et de passions partagées ! Ah ! Pouvoir lâcher son fou[12] !

———————————————

10 *passer une nuit blanche.*

11 *faire la cour*

12 *Se libérer des contraintes et donner libre cours à sa joie.*

KARP :
Se levant brusquement.
— Merci je connais l'histoire et la suite !
Regarde Bogdana intensément.
— Ma mère et tout le reste …

SERAPHIN :
Fixe Karp.
— Et puis toi, tu es arrivé !

KARP :
— Comme Zorro, c'est bien ça ?
Il émet un rire sarcastique

BOGDANA
— Allons Karp !

SERAPHIN :
— Pas une raison pour avoir le taquet bas[13] !

Karp quitte la pièce.
Séraphin cherche à le rattraper et sort également suivi par Bogdana.

DIEM :
Restée seule, pendant que la lumière s'estompe.
— Vraiment, aucun regret pour ma tente déchirée par ce foutu monstre à quatre pattes. Cet endroit et leurs occupants valent le détour !

---

13 : *être triste*

Saynète 3

Toujours la même grande salle, maintenant vide.
La table, débarrassée a été poussée sur le côté.

Bogdana entre lentement en faisant de longues enjambées.
Elle paraît prendre des mesures en comptant ses pas.

BOGDANA :
D'une voix forte.
— C'est un peu juste mais ça tiendra dans la pièce !
Se tournant vers la porte, elle crie,
— Je vous l'avais dit, c'est tout bon ! Allez ! Venez donc !

Séraphin, Karp et Diem pénètrent à leur tour dans la pièce en tirant et poussant une table pliée sur roulette. On reconnaît une table de ping pong.
Karp s'écarte et laisse les deux autres finir le positionnement de la table.

DIEM :
Regardant Bogdana et Séraphin positionner et déplier la table avec dextérité.
— Je dois le reconnaître, vous avez de la ressource !

BOGDANA :
— Il ne faut jamais sous estimer la génération qui vous précéde !

DIEM :
— Loin de moi cette idée, mais de là à lancer un tournoi de ping-pong pour passer le temps et attendre patiemment …

KARP :
Interrompant sêchement.
— Oui ! Attendre... on ne sait qui ? Allez dis le ! Tu en meurs d'envie ! C'est du n'importe quoi dans cette maison !

23

DIEM :

Piquée au vif, elle se tourne vers Karp

— Exact ! Enfin c'est vrai quoi ! On te fait marner depuis une éternité, tu me dis que tu redoutes chacun de ces rendez-vous annuel et pourtant tu espères toujours voire arriver... qui déjà ? Un certain Augustino, c'est ça ?

Karp regarde Diem bouché bée mais celle-ci continue de plus belle et ponctue son discours en utilisant le fameux geste des deux doigts de chaque main qui simulent les guillemets.

— Avec en prime, « une révélation attendue sur tes origines » ? Ou alors peut-être mieux encore, va-t'on savoir « où va notre monde » ? « La génération qui nous précède » doit bien avoir une idée, n'est-ce pas Bogdana ?

BOGDANA :

Peu impressionnée par la déclaration de Diem, elle simule aussi les guillemets de ses deux mains.

— Tout juste ! Mais revenons à nos moutons ! Il nous faut deux équipes pour le « tournoi de l'attente ». Appelons le comme ça. Que diriez vous de « génération des Anciens » contre « génération des Modernes » ?

KARP :

Plutôt soulagé par le changement de sujet et mime lui aussi les guillemets.
— Ou bien, « les hommes contre les femmes » ?

SERAPHIN :

— Et réciproquement ! Allons, ne chiquons pas la guenille[14] !
Il saisit sac accroché à la table et en sort des raquettes de ping pong qu'il distribue pendant que Bogdana installe un petit filet.
— Que diriez vous de « Les Confiants contre les Inquiets » ?

---

14 *bouder, rechigner.*

DIEM :
— J'admire cette fausse désinvolture. Tout va bien en ce bas monde.
Il suffit donc d'attendre Augustino bien sûr !

Elle saisit une balle qu'elle lance avec sa raquette.
Karp relance la balle avec brio.
Bogdana rejoint Diem.

KARP :
— Seraphin ! En renfort, vite !

La lumière baisse rapidement.
Dans l'obscurité, on entend le cliquetis d'un échange puis une pluie de balles est
lancée depuis la scène vers les spectateurs.

Saynète 4

La lumière revient. La table de ping est maintenant repliée verticalement au milieu de la pièce.

Les protagonistes sont assis par couple de part et d'autres de la table qui fait écran : Séraphin et Diem d'un côté, Karp et Bogdana de l'autre.
Chaque couple bavarde. L'un après l'autre.

SERAPHIN :
— ... Donc cette histoire de rendez-vous ici même était bidon, n'est-ce pas ma chère ?

DIEM :
— Et oui ! Qu'est-ce qu'on ne ferait pas pour avoir le gite et le couvert ! A dire vrai je ne m'attends à rien de plus quand je randonne. Et là, je peux vous dire que je ne suis pas déçue, car en bonus, il y a de l'ambiance !

SERAPHIN :
— Et puis ce jeune Karp est une proie bien tentante, non ?

DIEM :
— Séraphin, ne prenez pas vos pratiques pour une généralité.

SERAPHIN :
— C'est que voyez vous, je ne suis pas du genre à me poigner le moine[15] !

---

15 *Être inactif*

DIEM :
— Ni moi !
... de l'autre côté de la table dressée.

KARP :
Désabusé.
— … Non ! Cette fois, je n'attends vraiment rien ! Ni quiconque !
Et encore moins de ta part !

BOGDANA :
— Et d'où me vient cette soudaine révolte mon fils ? Je ne t'ai jamais vu dans cet état. Serait-ce cette jeune asiate…

KARP :
— Tu aurais pu simplement dire « jeune femme ».

BOGDANA :
— Ah oui, ce n'est pas kasher de parler comme ça, j'oubliais.

KARP :
— Fais toi à l'idée. Je ne suis plus ce chevalier sans père et sans re-
proche qui accompagne sa mère chaque année, à la même époque,
en ce lieu perdu, toujours à me demander pourquoi !

BOGDANA :
— Je t'aurais imposé cet espèce de pèlerinage pendant que tu y es ?

KARP :
Soudain pensif.
— Oui c'est ça… pèlerinage, peregrinatio, quête de compréhension,
de connexion et d'illumination profondes...

DIEM :
— J'avais vu une très jolie carte postale de cette énorme maison forestière. Il y avait ce reflet dans le lac. Le tout situé en haut d'un ancien volcan disait la légende...

SERAPHIN :
— Oui je la connais cette image. Le photographe est venu par ici il y a quelques années.

DIEM :
— Lors d'une autre de ces séances rituelles d'attente ?

SERAPHIN :
— On va dire ça ... Il n'est pas resté bien longtemps. Faut dire que Béhémoth l'avait salement mordu...

Les deux couples se lèvent simultanément et poussent la table tout en continuant à parler ensemble maintenant, comme si rien de ne les avait séparé auparavant.

SERAPHIN :
— Allons ! Inutile de faire les étonnés. Tout le monde l'a compris, il ne viendra pas.

KARP :
Blasé.
— A quoi bon, de toute façon !

DIEM :
Grimaçante, faussement triste.
— Je suis tellement déçue. Moi qui rêvait de pouvoir enfin rencontrer Augustino !

BOGDANA :
Résolue. Ignorant Diem elle passe devant elle.
— Séraphin viens donc, ils ne peuvent pas comprendre.
Bogdana et Séraphin quittent la pièce ensemble en se tenant la main.

DIEM :
— Et toi, tu ne leur dis rien ?

KARP :
— Leur dire quoi donc ! Que leur petit jeu me fatigue !

DIEM :
— Depuis le temps, tu dois les connaître non ?

KARP :
— Ma mère a toujours été envoutée par Séraphin, aussi longtemps que je m'en souvienne. Elle voue une véritable vénération pour ce beau parleur. Un homme de loi... Toujours à courir d'une affaire à une autre…

DIEM :
— Un avocat pressé ! Il n'y a pas que les citrons alors ?

KARP :
Il ne relève pas la plaisanterie et finit sa phrase.
— ... Et aussi d'une femme à une autre.

DIEM :
— Au fond tu veux dire que ces deux là ne pensent qu'à eux ? N'est-ce pas la nature humain ? Et toi tu n'a jamais été tenté par la chose ?

KARP :
Karp dévisage Diem comme s'il découvrait une vérité suprême.
— Quelle chose ?

Karp s'apprête à continuer et la questionner quand le bruit d'un train se fait entendre. On entend et reconnaît le pas lourd du garde forestier qui fait son entrée brutale.

LE GARDE FORRESTIER :
L'air paniqué.
— Le lac ! Le lac ! Il s'est vidé ! C'est incroyable !
Traversant la pièce de long en large.
— Le niveau à descendu à toute vitesse !

KARP :
— Comment cela ? Et depuis quand ?

LE GARDE FORRESTIER :
A peine calmé.
— Ce matin tôt, je promenais Béhémoth, vous savez il a ses besoins. Surtout si on veut éviter qu'il pétérâche des fiouses[16] à l'intérieur, comme le dit monsieur Séraphin.

KARP :
— Au fait mon ami ! Au fait !

LE GARDE FORRESTIER :
— Et bien, j'ai entendu un gargouillis terrible et puis l'eau…. Elle disparaissait ! Le niveau d'eau descendait à vue d'oeil. Ça a baissé comme ça, d'un seul coup !
Il claque les doigts.

KARP :
Incrédule.
— Et … Le lac ?

LE GARDE FORRESTIER :
Paniqué.
— Disparu ! Un trou ! Un très grand trou noir !

---

16 *Pétaracher une fiouse: péter*

En attendant Augustino

DIEM :
Enjouée
— Je me demande bien qui a bien pu tirer la chasse d'eau …

Karp regarde Diem avec sévérité.

Le garde forestier s'assied sur la première chaise à sa portée, abattu.

La lumière s'éteint rapidement.

Saynète 5

Nouveau décor. En extérieur, sous le porche de la maison forestière.
Une porte en bois est entre-ouverte sur le côté.

Diem est assise sur le porche de la maison forestière. Karp fait les cent pas en si-
lence devant elle, puis se tourne dépité vers elle.

KARP :
— Augustino n'est pas venu !
Reprenant ses esprits.
— Finalement, ça tombe bien vois tu. Et je ne suis pas inquiet !

DIEM :
— « Même pas peur » pendant que tu y es ? Pratiquerais-tu l'autosuggestion, voire l'auto-hypnose pour t'en convaincre ?

KARP :
— Facile la moquerie ! Non, en fait, je m'en tape. Et si en fait, le
meilleur moment dans tout ce bazar était l'attente ?

Bogdana, suivie de Séraphin entrent dans la grande pièce, chacun une grande
valise à la main.

BOGDANA :
Elle s'arrête devant Karp et pose sa valise.
— Moi je suis prête ! Cette situation ne sent pas bon, il vaut mieux
s'éloigner pendant qu'on le peut !

KARP :
— Et qu'est ce qu'il faut craindre ? Un tsunami quand l'eau remon-
tera dans le lac ? Une éruption avec une belle coulée de lave ? Une
nuée ardente genre Vésuve sur Pompéi ?

32

BOGDANA :
— Oui ! Oui ! Un peu tout ça ! Et donc il vaut mieux se sauver !

KARP :
— Plutôt que ce réveil volcanique fort improbable, j'appréhenderais d'avantage le réchauffement climatique et toutes ces guerres un peu partout !

DIEM :
Narquoise
— Je me demande un peu. Est-ce qu'on se préoccupe vraiment du climat quand on se prend des bombes sur la gueule ?

KARP :
— Vas-y donc ! Et il faudrait juste savoir être du bon côté, au bon endroit et au bon moment, c est ça ?

DIEM :
Pensive.
— En même temps, il suffirait d'attendre pour savoir.

SERAPHIN :
Resté debout, à distance, sa valise à la main.
— De deux mots il faut choisir le moindre, comme le disait je ne sais plus trop qui.
Il hésite puis reprend..
— Et puis moi j'ai la journée dans le corps[17] ! Alors pourquoi continuer à attendre vainement, cet …

DIEM :
— … Augustino ? Comme c'est décevant de ne pas pouvoir le rencontrer ! Karp prétend que cela ne l'affecte pas mais peut-on le croire ?

---

17 *accablement. (qui se ressent de la fatigue accumulée durant la journée)*

Elle regarde alternativement Seraphin et Bogdana.
— Il a beau faire semblant de s'inquiéter pour le Monde et ses vicissitudes, ne serait-ce pas plutôt votre jeu à tous les deux qui le perturbe … depuis toujours ?

BOGDANA :
Piquée au vif.
— Et en quoi cela vous concerne ma petite Diem ? Vous pensez peut-être que mon fils ignore que Seraphin et moi nous nous retrouvons ici chaque année pour …

KARP :
Se lève, impatient, il s'adresse à Bogdana et Séraphin.
— … pour vous amuser et me promettre de tout enfin savoir. Grâce à ce rendez-vous, rituel et bidon !
Puis regardant Diem qui s'est éloignée..
— J'ai toujours préféré ignorer, faire semblant et attendre …

DIEM :
Impatiente
— … Augustino ! On va le savoir !

BOGDANA :
Génée.
— Mon Karp, toutes ces années et je n'ai jamais pu te dire que moi même je ne savais pas …

SERAPHIN :
A voix basse.
— … qui est ton père.

DIEM :
Caustique.
— Il leur en fallu du temps !

SERAPHIN :

— Et justement nous n'en avons plus. Allons Bogdana, partons ! Le temps se morpionne[18] .

Bogdana reprend sa valise et rejoint Séraphin. Les deux se dirigent vers la porte.

----

18 *la température se gâte*

Saynète 6 et dernière

Même décor.
Maintenant seuls, Diem et Karp sont assis sur le banc.

KARP :
— Il faut que je te dise quelque chose, ce nom Karp, c'est un raccourci pour Métacarpe, tu sais ce petit paquet d'os fort utiles qui permettent d'avoir une main flexible avec des doigts bien solidaires et qui …

DIEM :
Interrompt avec gentillesse.
— Et maintenant tu vas me faire un cours d'ostéologie ? Mais vraiment où en es-tu dans ta tête !
Elle se rapproche souriante de Karp qui n'ose pas bouger.
— Ne dis rien.

Karp ne bronche toujours pas.

Diem lève la main droite et lui passe lentement les doigts sur la joue.
— Seraient ceux là dont tu parles ?

KARP :
Troublé.
— En fait, je crois que tu serais plutôt en train d'utiliser ceux du carpe et non pas du métacarpe. Il y en a huit, le scaphoïde, le semi—lunaire, le pyramidal, le pisiforme …

DIEM :
Elle reprend de plus belle ses caresses.
— Chut …

Un large sourire éclaire enfin le visage de Karp.

36

Une voix lointaine, que l'on reconnaît, retentit ponctuée d'aboiements.

LE GARDE FORESTIER :
— Ohé ! Ou êtes vous ?
Karp et Diem !
Vous venez ou quoi ?

Le couple ne bouge pas. Ils se demandent : s'agit-il bien d'eux ou serait-ce l'injonction d'un Horace réincarné de passage en Auvergne ?

La voix du gardien retentit de nouveau, cette fois solennelle et un chouïa lugubre.

— Karp et Diem !
Puisque c'est comme ça, tant pis pour vous les deux comiques !
Nous on s'arrache pendant qu'il est encore temps !

Les deux jeunes gens se rapprochent d'avantage.

Le bruit fracassant du passage d'un train retentit.
(Note de l'auteur : c'est promis, ce sera la dernière fois, l'effet de surprise s'étant clairement émoussé)

Le couple est maintenant enlacé.

Un chien hurle.
(Note de l'auteur : Oui ! Bien sûr qu'il s'agit de Béhémoth et non pas de Socrate ou de je ne sais quel autre mâtin qui passait par là!))

Diem s'écarte légèrement de Karp qui lève la tête, rayonnant, tout sourire.

KARP:
— Finalement, on ne perd jamais rien pour attendre.

* * *

*

38

En attendant Augustino

40

A   KARP : de son nom complet *Metacarpe.* Il a décidé de mutiler son nom et en changer l'orthographe en guise de représailles lorsque l'empire FB s'est baptisé *Meta.* Sa famille, les *Metacarpe,* donc bien soudée (par lui) comme les cinq doigts de la main, ne lui en tient pas rigueur pour autant.

B   BOGDANA : Femme d'âge mur, d'origine Serbe et dotée d'un caractère que l'on peut qualifier d'entier ; une Serbe acerbe déjà rencontrée dans *« Bazar et Cécité »* pour ceux et celles qui suivent les péripéties d'Augustin Triboulet.

C   SERAPHIN : Québecois d'origine, il ne parvient pas toujours à contrôler le bon usage de son patois natal. Gênant, surtout lorsque comme lui on exerce le métier d'avocat.

D   DIEM : de son surnom complet *Diem-de-Poitraille.* En souvenir sans doute de l'émoi de ses parents à la vue du portait de *Diane de Poitier.* Ce couple de *boat people,* fuyant le Cambodge, avait été accueilli en région Parisienne et s'était vu offert une visite du château d'Anet, prés de leur centre d'acceuil pour réfugiés où naquit Diem.

E   La COPAM (« Concertation des organismes populaires d'alphabétisation de la Montérégie») est ici remerciée pour la compilation des expressions québécoises, dont certainses abusivement utilisées par Séraphin.

Remerciements

Yves L. pour la photo de couverture :
Le lac de Montcineyre (Puy-de-Dôme) ©

Anton G. pour l'illustration finale
Béhémoth part à la chasse ©

Références plus ou moins citées et souvent wikipédiennes

Pages 9 : *« En attendant Godot »* de *Samuel Becket.*

Page 20 *: « Petites boites »* chantée par *Graeme Allwright* d'après *« Little Boxes »,* un standard folk écrit et composé par *Malvina Reynolds.* Cette chanson contestataire parodie le développement des banlieues et ce que beaucoup considèrent comme ses valeurs de bourgeoisie conformiste. La chanson fait référence au développement des banlieues d'après-guerre, relativement important aux États-Unis, mettant l'accent sur l'uniformité et la perte d'identité de ces maisons toutes similaires, construites sur les mêmes plans

Page 32 : la méthode Coué est une méthode due au psychologue et pharmacien français Émile Coué de la Châtaigneraie, fondée sur l'autosuggestion et l'autohypnose.

Page 39 : Pour être précis, *« Carpe diem, quam minimum credula postero »* est un vers d'*Horace* signifiant : *« Cueille le jour présent sans te soucier du lendemain ».* Ainsi que Wikipedia nous le précise, Horace s'y adresse à une femme, *credula* est au féminin.

Du même auteur

Disponibles en librairie :

Improbablement Vôtre
2024

Tout se complique
2023

La bobèche à pampilles
2021

Le dialogue des carnes élites
2019

Bazar et Cécité
2018

Soixante-dix-sept
2015

D'autres écrits :

Work and Travel : *(2024)*
« When shit happens »

Le dodo de Dadier *(2016-2023)*
« Théâtre de Dodo », en collaboration avec Maura Murray

Charles Bantegnie 1914-1915 *(2014)*
Préface et traduction d'un carnet de guerre.

Toujours un pet plus loin *(2014-2015)*
Cinq premiers petits écrits à tiroir

Pour en savoir plus sur le cas Triboulet :
https://elgrandedidiloco.jimdofree.com